L'ORIENTALISME

RENDU CLASSIQUE:

FRAGMENTS D'UN MÉMOIRE

SUR LES MOYENS DE RANIMER ET D'UTILISER

LES FACULTÉS DES LETTRES;

SUIVI D'UNE

LETTRE A M. JULES MOHL

SUR LA LANGUE PERSE,

PAR P. G. DE DUMAST.

⁕⁕⁕⁕⁕⁕⁕

Lillah el-maschreq wa'l-maghreb.
A Dieu appartiennent l'Orient et l'Occident.
(Cor. *sur.* II, 109.)

Sordent hausta nimis; puros accedere fontes
Nunc juvat, Emergunt non cognita scripta Latinis :
Tùm quæ sævus Arabs cecinit modulamine prompto;
Tùm quibus incumbunt, Zoroastris pauper et exul
Plebs, Oromazicolæ; tùm sinica carmina, vel quas
Grandes Iliadas nobis vetus India promit.

⁕⁕⁕

⁕⁕⁕⁕⁕⁕⁕

PARIS,   **NANCY,**
CHEZ BENJ. DUPRAT,   CHEZ N. VAGNER,
LIBRAIRE DE LA SOCIÉTÉ ASIATIQUE,   IMPRIMEUR - LIBRAIRE - ÉDITEUR,
CLOÎTRE SAINT-BENOÎT, 7.   RUE DU MANÈGE, 3.

1853.

L'ORIENTALISME

RENDU CLASSIQUE :

FRAGMENTS D'UN MÉMOIRE

SUR LES MOYENS DE RANIMER ET D'UTILISER

LES FACULTÉS DES LETTRES;

SUIVI D'UNE

LETTRE A M. JULES MOHL

SUR LA LANGUE PERSE,

PAR P. G. DE DUMAST.

Lillah el-maschreq wa'l-maghreb.
A Dieu appartiennent l'Orient et l'Occident.
(*Cor. sur. II, 109.*)

Sordent hausta nimis; puros accedere fontes
Nunc juvat. Emergunt non cognita scripta Latinis :
Tùm quæ sævus Arabs cecinit modulamine prompto;
Tùm quibus incumbunt, Zoroastris pauper et exul
Plebs, Oromazicolæ; tùm sinica carmina, vel quas
Grandes Iliadas nobis vetus India promit.
***

PARIS,

CHEZ BENJ. DUPRAT,

LIBRAIRE DE LA SOCIÉTÉ ASIATIQUE,
CLOITRE SAINT-BENOIT, 7.

NANCY,

CHEZ N. VAGNER,

IMPRIMEUR - LIBRAIRE - ÉDITEUR,
RUE DU MANÉGE, 3.

1853.

NANCY, IMPRIMERIE DE VAGNER,
RUE DU MANÉGE, 3.

L'ORIENTALISME

RENDU CLASSIQUE.

Comme des personnes graves ont jugé que les considérations présentées ci-après, sur un des principaux moyens possibles de ranimer les Facultés des Lettres, ne devaient pas arriver seulement sous les yeux de l'Autorité, mais être soumises aussi à l'examen du monde savant, — nous nous faisons une loi de déférer à leur avis.

Toutefois, il serait superflu, ce nous semble, de livrer pour cela à l'impression le Mémoire entier, dont certaines parties n'avaient qu'une utilité relative. — Nous aurons fait assez pour répondre à l'espèce de nécessité qu'on nous signale, si nous publions les portions essentielles de notre labeur; si nous réimprimons, par exemple, le long fragment qu'a jugé à propos d'en extraire, et d'insérer avec bienveillance dans ses colonnes, une feuille consacrée aux sciences, l'Athenæum français. En effet, la partie choisie là, était bien, au point de vue du public lettré, la partie importante, puisque l'autre moitié du morceau touchait à des côtés de la question moins scientifiques et plus administratifs.

On se bornera donc à reproduire ici, comme très-suffisant, — comme avantageux d'ailleurs à la cause, — l'article même de l'Athenæum. Car, d'une part, cet article renferme, comme citation prise de notre texte, une série de passages étendus et suivis, lesquels coïncident à peu près avec la totalité des arguments dont là dedans il peut être bon que le public ait connaissance; et de l'autre, c'est quelque chose, pour attirer l'attention de maints lecteurs, — hommes instruits et sensés, mais à esprit timide ou paresseux, — que l'assentiment déjà donné aux raisons et aux conclusions du Mémoire, par un journal qui est l'œuvre d'académiciens, notamment d'orientalistes connus.

EXTRAIT DE L'*ATHENÆUM FRANÇAIS* DU 7 MAI 1853 (1).

UN MOYEN

DE RANIMER ET D'UTILISER

LES FACULTÉS DES LETTRES.

Un mémoire adressé au ministre de l'Instruction publique, et dont nous avons obtenu communication, nous a semblé toucher à des points si importants, et renfermer des choses si vraies, si conformes aux intérêts de la science, que nous croyons devoir, par extraits, le faire connaître aux lecteurs de l'*Athenæum*.

Après avoir, dans un premier chapitre, posé des généralités, et avoir indiqué, dans un second, que les Facultés des Lettres, précieuses institutions dont l'influence peut devenir de plus en plus utile (2), gagneraient à élargir et à renouveler un peu le thème de leurs leçons,—l'auteur, M. G. de Dumast, en vient à montrer combien elles prendraient un rôle avantageux, par exemple, en s'emparant d'une tâche attrayante à la fois et

(1) Tenant le milieu entre les journaux et les revues, l'*Athenæum français*, — créé pour répondre à un besoin qui ne satisfaisaient ni les uns ni les autres, — a tenu aussi la ligne intermédiaire, soit quant aux époques de publication, soit quant au format. Au lieu de paraître quotidiennement ou par quinzaine, il paraît tous les huit jours ; au lieu d'être in-folio ou in-8°, il forme un in-4°. — Du reste, tous les articles de ce recueil, que dirige M. V. de Saint-Martin, sont signés par des membres de l'Institut.

(2) Non pas que ces chapitres (comme ceci le donnerait peut-être à penser) aient aucunement débattu la question théorique des divers systèmes d'enseignement, libres, obligatoires ou mixtes. Prenant pour point de départ l'état présent des choses, le Mémoire n'examine que le meilleur parti à tirer des institutions françaises existantes.

profitable : l'enseignement des littératures *primitives*, qui jette de tels flots de lumière sur les littératures *dérivées*.

Ici, nous le laissons parler :

« A l'époque, déjà éloignée, qu'on a nommée la Renaissance, un grand mouvement s'opéra ; un vigoureux élan fut donné aux études, par la connaissance désormais approfondie du grec et du latin. Deux langues si remarquables, dont la possession venait d'être reconquise, ouvrirent largement au monde lettré les trésors de l'Antiquité classique ; et c'est sur ce fonds, depuis lors, qu'a vécu en grande partie la haute civilisation européenne.

» Mais, quelque riche qu'il fût, il avait des limites ; et si jamais ses metteurs en œuvre l'ont regardé comme inépuisable, ils se sont fait une grande illusion. Quand l'or qu'on avait découvert là n'eût pas été mêlé de bien des scories, pouvait-il subvenir sans fin à l'ardeur des recherches incessantes ? Non. Et quiconque ne se laisse point duper par le spectacle d'évolutions répétées, mais stériles.., doit aisément voir, qu'en fait de philologie, nous en sommes réduits à ressasser perpétuellement d'anciens sables aurifères, déjà dépouillés de leur métal.

» Eh bien ! quand la Colchide a eu donné toutes ses richesses, on en a demandé au Tage et au Pactole ; quand le Tage et le Pactole n'ont plus rien fourni, on a exploité le Pérou ; à présent que le Pérou vieillit, on se jette sur le Sacramento. Telle est la marche naturelle des choses ; et les Facultés des Lettres, qui se consument en vains efforts sur le terrein du grec et du latin, dont il n'y a plus de choses neuves à faire sortir, ont besoin d'une Californie.

» Cette Californie, heureusement elle existe : c'est l'Orient.

» Mais par où aborder une telle mine? — Par des côtés, quoi qu'on en dise, très-accessibles. — Mais quel parti en tirer? — Un très-bon, si l'on sait choisir.

» *Si l'on sait choisir*, disons-nous. Car il est bien sûr que l'Orient, à vouloir le prendre dans son ensemble, nous déroulerait un programme beaucoup trop étendu, dans lequel une foule de points n'offriront jamais d'intérêt qu'aux savants tout à fait spéciaux, — et même où d'autres articles, quoique dignes de beaucoup plus d'attention, ne sauraient pourtant descendre chez nous jusqu'à la sphère d'un enseignement tant soit peu répandu. — Ainsi, d'une part, on ne songera jamais en Europe à ériger des chaires de tchouvache, de tagal ou de lesghi; et de l'autre, quelle que soit l'importance ou de l'hindoustani, par exemple, qui, tous les jours plus adopté autour du Bengale, servira bientôt de lien commun à cinquante millions d'hommes, — ou du chinois, qui, dominant sur un territoire plus vaste encore, nous offre non-seulement des annales deux ou trois fois millénaires, mais des romans et des drames précieux pour la connaissance des mœurs, — de tels idiômes ne sont pas arrivés, pour nous, au degré d'intérêt qui demande qu'on les répande beaucoup; et la chaire qui existe à Paris pour chacun d'eux, paraît satisfaire, au moins quant à présent, la somme de besoin qu'on éprouve en France de les connaître.

» Il n'en est pas de même de certaines autres langues, qui, ayant des rapports plus directs avec nous et avec les objets habituels de notre activité, — nous ouvrent un champ, soit plus facile à cultiver par nos travaux, soit au moins plus fertile en produits visiblement propres à notre usage.

» Déjà l'on peut en nommer deux, pour lesquelles l'heure est parfaitement venue, et qu'il convient de faire entrer dès à présent dans la sphère, non pas sans doute des études courantes, mais de cet enseignement qui, intermédiaire entre celui des lycées et celui du Collège de France, est le patrimoine des Facultés universitaires, et doit imposer ses leçons au Doctorat, sinon à la Licence ès Lettres.

» De ces deux langues, la première, tout le monde l'a nommée d'avance. Evidemment, c'est LE SANSCRIT.

» Le sanscrit, inestimable diamant, dont l'Inde peut s'enorgueillir à meilleur droit que du *Koh-i-nour*. Le sanscrit, qui, rien que par sa régularité savante et les vastes richesses de sa grammaire, mériterait d'être placé sur un trône au milieu des langues de l'Antiquité, quand même il n'aurait pas produit cette littérature éloquente et pure, si supérieure en moralité à celle des Grecs et des Romains ; cette littérature immense, dont, par bonheur, tant de monuments se sont conservés, — depuis les magnifiques épopées dont elle s'honore, antérieures aux âges homériques, jusques aux beaux et nobles drames écrits sous les inspirations d'un ordre de choses plus récent, vers l'époque du siècle d'Auguste. Le sanscrit, d'ailleurs, qui a formulé pour la première fois, sur la terre, des conceptions métaphysiques un peu suivies, et sans le secours duquel, assurément, la docte rêverie gangétique aurait eu peine à produire ces ouvrages abstraits, où règne une incroyable puissance d'analyse. — Ce fut, en effet, pour les Brahmes, une précieuse bonne fortune, que de pouvoir faire emploi d'un si merveilleux instrument ; car, dans les travaux ontologiques, il y a, comme on sait, un degré de dissection qui, exigeant des scalpels raffinés, ne saurait être assez délicatement opéré que par trois idiômes au monde ; par le sanscrit d'abord, et ensuite par les deux de ses enfants qui ont le plus gardé de traits de la physionomie paternelle : le grec et l'allemand.

» Puis, outre sa valeur intrinsèque ou absolue, la belle langue dont il s'agit, a pour nous, Occidentaux, une valeur relative non moins grande. Comme c'est le plus ancien type conservé du groupe lingual connu sous le nom de famille indo-germanique, indo-perse, ou, mieux encore, indo-européenne ; et comme tous nos langages d'Occident, excepté trois (d'une part le magyar et le finnois, de l'autre, l'euscarien ou basque), appartiennent à ce groupe :— l'étude du sanscrit se trouve intéresser A TITRE DE PARENTÉ presque tous les peuples de l'Europe (a).

» Pour les Français en particulier, c'est un devoir formel, assurément, que d'entourer d'honneurs la langue sanscrite, qui, par tous les côtés, est aïeule de la leur.

» Nous disons « *par tous les côtés;* » car, des quatre rameaux de la tige, — à savoir, la branche gréco-latine, la branche germanique, la branche celte et la branche slave, — le dernier rameau (le slave), resté pour nous à l'état de cousinage éloigné, est le seul à l'égard duquel nous n'ayons aucun rapport de descendance. Quant aux trois premières branches, non-seulement elles nous sont parentes, mais tout ce que nous possédons, ce sont elles qui nous l'ont donné. Il n'y a rien, dans la langue de Corneille et de Voltaire, qui ne provienne ou de l'élément *gréco-latin,* — ou de l'élément *franc,* c'est-à-dire germain, — ou de l'élément *gaulois ;* — or, cette triple origine fait triplement remonter notre idiome national à la noble souche sanscrite.

» Dût-on, au reste, soit en France, soit ailleurs, ne considérer que l'intérêt des études classiques ordinaires (de celles qui se terminent chez nous au baccalauréat), en laissant à part la haute *littérature comparée* et la linguistique générale, — sciences dont il est difficile de traiter complètement l'une, et impossible d'aborder sérieusement l'autre, sans posséder quelques notions sur la langue de Valmiki et de Kalidasa : — eh bien, à un point de vue tout vulgaire, il y aurait à désirer encore de voir s'établir parmi nous, dans une certaine mesure, la connaissance du sanscrit ; sinon précisément chez tous les professeurs de nos lycées (quoiqu'elle ne dût être inutile à aucun), au moins chez ceux qui commentent et modifient des grammaires. Comment, en effet, dans un rudiment, réussir à rédiger, sur les particularités du grec et du latin, des remarques intelligentes et pleinement justes, — à moins d'avoir pu, en se plaçant soi-même au point de jonction des deux idiômes, observer, dans le tronc commun, l'origine des fibres qui, primitivement parallèles, divergent ensuite, mais gardent toujours entre elles une similitude reconnaissable ?

» En voilà assez sur le chapitre de la première des deux langues à introduire dans l'enseignement des Facultés.

» La seconde, quelle est-elle ? — L'ARABE.

» Celle-ci ne semble pas, il est vrai, se présenter avec des droits aussi marqués. Étrangère à notre cercle lingual, puisqu'elle appartient au groupe sémitique, — elle ne fait vibrer dans notre âme aucun souvenir doux et cher ; aucune de ces sympathies profondes, instinctives, que ne tarde pas à éveiller en nous le sanscrit, vieux portrait de famille où nous retrouvons à chaque instant notre image. — Ici, nulle chance de rencontrer du *classique*, dans l'acception (rétrécie peut-être, mais non à mépriser pourtant) où nos académies et nos écoles entendent le mot ; rien, chez les auteurs arabes, ne témoignant de l'existence de ce goût pur, homérique, virgilien, racinien, qui, dans les antiques chefs-d'œuvre littéraires des bords du Gange, nous frappe d'une admiration mêlée de surprise. Ici, le tour de la pensée n'est plus le même ; on est moins sévère sur le choix du beau ; et la direction des idées, changée pour ainsi dire de droite à gauche, diffère presque autant de la nôtre que diffèrent entre eux les deux sens dans lesquels marchent les deux écritures. — L'arabe, cependant, n'en est pas moins digne, à d'autres titres, d'obtenir étude chez nous. Il mérite de s'y implanter, pour y donner les fruits qui lui sont propres.

» Et d'abord, en fait d'art poétique, c'est-à-dire de peinture exécutée par le langage versifié, ce ne sont pas du tout des œuvres nulles que celles des Arabes. Si nous voulions, pour rendre notre pensée, avoir recours à une alliance de mots plus claire et plus commode qu'elle n'est légitime, nous dirions que la *muse ismaëlique* a des inspirations heureuses, et qu'inférieure, pour le tact et pour l'élégance, à la muse indoue ou à la muse gréco-latine, elle rachète souvent ce désavantage par son incomparable vigueur. Les affectations, les jeux de mots, les tours de force qui la déparent, sont rares chez les poëtes de son âge d'or, c'est-à-dire chez les *schoarâ* de la Péninsule, prédécesseurs ou contemporains de Mahomet; et on la voit encore, depuis, échapper plus d'une fois à cet esprit quintessencié. Du reste, il faut en convenir, elle a toujours gardé le caractère d'une sorte d'improvisatrice ; aussi ses adeptes ne se sont-ils jamais élevés à des morceaux de longue haleine. Contents d'exprimer leurs sentiments et leurs pensées, ils n'ont pas su, les plaçant dans la bouche d'autrui, en construire des épopées ou des drames, et c'est en vain qu'on demanderait à la collection de leurs œuvres un grand poëme quelconque. Mais il n'en est que plus curieux, peut-être, d'étudier leurs impressions, si profondément personnelles, et de voir comment, pour les rendre, ils sont parvenus à se mouvoir avec aisance dans le cercle d'une versification dont le mécanisme réunit au mètre prosodique des Anciens la rime des nations modernes.

» D'ailleurs, malgré le prix extrême qu'attachent les Arabes à cette savante facture, — ainsi qu'à celle de leur prose, sou-

vent si minutieusement cadencée, — rien n'oblige l'Europe à
les suivre sur le terrain de la rhétorique. Ils ont de quoi nous
intéresser par des côtés plus importants.

» Pendant plusieurs siècles, comme on sait, — et notamment
sous les grands califes abbassides, — le peuple arabe, devenu le
gardien des sciences, qui ne se cultivaient plus guère que chez
lui, en conserva le dépôt; et quand il le transmit à d'autres, il
ne le rendit pas sans l'avoir accru. Aussi, non-seulement nous
découvrons, parmi les traductions qu'il avait faites, certains
fragments d'antiquités perdues ailleurs (*b*), mais il nous a été
aisé de constater de combien de progrès on lui est redevable.
Si l'Asie et l'Afrique musulmanes s'en tinrent, pour la philosophie proprement dite, aux doctrines d'Aristote, plus ou moins
bien commentées, — leurs habitants ne restèrent point sta-
tionnaires pour d'autres genres de connaissances : entre autres,
pour la philosophie de l'histoire et du droit, dans laquelle Ibn
Khaldoun est un prédécesseur si remarquable de Vico et de
Montesquieu; ou bien pour la géographie et les voyages, où
nous profitons encore à présent des relations rédigées par Ebn
Haucal et par Ebn Batouta, et surtout du vaste savoir de l'E-
drisi. Il en fut de même pour l'art de guérir, qui, perfectionné
par les doctes médecins chargés de la clinique à Bagdad (ville
où fut organisé le premier service d'hôpitaux réguliers), en
vint jusqu'à pressentir mille choses mal à propos réputées
modernes, et, par exemple, à pratiquer de premiers essais de li-
thotritie. On a cru qu'en mathématiques, et spécialement en
astronomie, les Arabes n'avaient été que des copistes et de ser-
viles imitateurs des Grecs : une telle opinion, qui cadrait mal
avec la possession où nous sommes d'un globe céleste exécuté
par eux dès le xiii° siècle, ne peut plus se soutenir, depuis que,
mieux renseignés, nous voyons Abou'l Wéfa signaler et décrire,
dès l'an 975, le troisième mouvement irrégulier de la lune,

cette *variation* dont la découverte passait pour un des titres de gloire de Tycho-Brahé; depuis que se montrent à nous, soit Abou Hassan, substituant à l'emploi des *cordes*, en trigonométrie, celui des sinus et des tangentes, soit Ben Haithem exposant clairement, huit cents ans avant Carnot, les éléments de la géométrie dite *de position*. Au reste, de pareils faits ne doivent pas étonner, de la part du peuple à qui appartient, sinon précisément la généralisation des calculs,— puisque les Indous lui en disputent l'invention, — au moins l'honneur d'avoir développé l'algèbre, et cela jusqu'au point d'y avoir fait entrer les équations du troisième degré.

» Un idiôme dans lequel ont été tracés de tels bulletins de la marche de l'esprit humain, est un idiôme, à coup sûr, digne de faire partie du domaine de la civilisation; on en jugerait ainsi partout. Mais nous sommes doublement tenus, nous autres Français, d'assurer ce résultat par un enseignement permanent,—nous qui, embrassant aujourd'hui l'Algérie dans notre territoire, avons acquis des milliers d'Arabes pour sujets et presque pour concitoyens. N'hésitons donc pas à regarder cette seconde exception orientaliste comme aussi motivée que la première. Ce que nous proposons de faire pour la plus riche des langues indo-européennes, faisons-le aussi pour la plus riche des langues sémitiques; et, par une mesure analogue à celle qui devra répandre parmi nos professeurs la connaissance du sanscrit, érigeons en France des chaires d'arabe littéraire (1).

Si nous ne parlons que de l'arabe régulier, ce n'est pas que nous méconnaissions la grande utilité de l'arabe vulgaire, le-

_____

(1) Il est de mode, chacun le sait, de dire « d'arabe *littéral* ; » mais nous ne voyons guère de raisons pour conserver cet usage bizarre,— qui n'est pas sans inconvénients, à cause de l'amphibologie, l'adjectif *littéral* ayant d'ordinaire en français un tout autre sens (c).

quel, au cas où il deviendrait chez nous plus répandu, facili-
terait nos opérations administratives en Afrique, en formant
des sujets pour ce pays, et peut-être même donnerait à plusieurs des élèves le goût de s'élever jusqu'à la littérature
musulmane. Mais en définitive, — placé, comme on l'est dans
ce mémoire, au point de vue universitaire et classique, — on ne
saurait se dissimuler que l'arabe vulgaire (dont la division en
plusieurs dialectes vient des degrés d'altération plus ou moins
forts qu'il a subis) n'est pas tant un véritable idiome à part, que
le simple résultat de l'inobservance ou de l'oubli d'une partie
des règles. Acquérir donc la connaissance de ce langage usuel,
est surtout une affaire de pratique et de localité, dont n'a guère
à se mêler la science proprement dite. Ce qui, dans la question
de l'arabisme, mérite avant tout d'intéresser un gouvernement
éclairé, c'est la langue consacrée par les auteurs; celle dans
laquelle écrivirent Averrhoès, Avicenne, Maçoudi, Hariri, Mey-
dani, Cazwini, Abou'l Féda, Ben Khallican, Ben Khaldoun,
Abdallatif, ou Makrizi. C'est la belle langue dans laquelle avaient
chanté Lébid et les *schoarâ* du désert, et qui, fixée par Mahomet, est demeurée comprise universellement, de Maroc à Chiraz,
à cause du Coran, lequel, adopté partout comme manuel sco-
laire, l'a mise jusqu'à présent à l'abri des ravages du temps (*d*).

» Ici l'on pourrait s'arrêter; car, en un sens, le mémoire est
complet, — puisqu'indiquant aux Facultés des Lettres l'une des
voies à suivre pour redevenir vigoureuses, il a montré ce qu'elles
peuvent gagner à l'emploi de ce puissant moyen, pour peu
qu'elles mettent de bonne volonté à entreprendre ainsi une
chose nouvelle, utile, désirable, éminemment opportune.

» Mais à un autre point de vue, bien s'en faut que tout soit
dit. Des raisons subsidiaires, non développées encore, doivent

doubler, aux yeux du Gouvernement, l'importance du rôle dont il est maître de se charger. Ce dont en effet il s'agirait pour lui, dans l'adoption de la mesure qu'on lui propose, c'est non-seulement de se faire le propagateur de la linguistique orientale, mais d'en devenir peut-être le sauveur.

» Ceci exige quelques réflexions générales, et même un peu rétrospectives. Toute souhaitable qu'est la brièveté, encore faut-il cependant se rendre compte de l'état des choses ; car ce sont les antécédents du projet, surtout, qui peuvent le bien expliquer, et donner à comprendre jusqu'à quel point seraient sérieux les avantages de la création demandée.

» Il y a, pour chaque science, une époque majeure, — *pivotale* pour ainsi dire, — avant laquelle, nonobstant des travaux quelquefois longs, estimables (considérables si l'on veut), elle n'existe point, sinon en germe, — et après laquelle aussi, quoi que l'on puisse y ajouter de beau, voire même d'important, elle ne reçoit vraiment plus que des perfectionnements ou des applications, non pas un nouveau caractère ; — car, à partir de là, dût-elle continuer à se développer, elle ne change plus dans son essence.

» Cette époque décisive, non de gestation, mais d'enfantement ; cette crise, lors de laquelle une science se constitue, — elle est arrivée, par exemple, sous Linné pour la botanique, sous Franklin et Volta pour la physique, sous Lavoisier et Fourcroy pour la chimie. C'est DE NOTRE TEMPS qu'elle a lieu pour la linguistique et l'ethnologie.

» Dès la fin du XVIIIe siècle, deux événements de haute portée, — l'héroïque dévouement scientifique d'Anquetil du Perron, et la soumission du Bengale à l'Angleterre, — avaient laissé entrevoir à l'Europe les régions intellectuelles où conduisait l'étude de l'ancienne Asie ; au XIXe, le génie humain s'est précipité à leur conquête, par la porte qu'on lui ouvrait. Et si jadis ce

fut un beau spectacle, que le travail de cette ruche d'abeilles
dont les essaims eurent pour guides les Alde Manuce, les Tur-
nèbe, les Estienne, les Budée, les Scaliger ou les Casaubon,
— c'en a été, de nos jours, un plus imposant, un plus admi-
rable encore, que la féconde activité de tous ces grands orientalistes qui s'appelaient Champollion, Chézy, Abel Rémusat,
Saint-Martin, Eugène Burnouf, etc. : brillants capitaines d'une
phalange que commandait Sylvestre de Sacy, et dont plusieurs
glorieux officiers survivent à leur général,

Soldats sous Alexandre, et rois après sa mort.

» Or ils ont pu, c'est vrai, à cause du charme que porte avec
elle la nouveauté, fixer sur leurs recherches l'attention publique ; et, quelque énorme qu'ait été la masse si variée de leurs
labeurs, ils ont réussi, jusqu'à un certain point, à en faire
connaître les résultats. Jusqu'à présent ils ont su donner à leurs
efforts l'ensemble et le retentissement nécessaires, au moyen
de la fondation de la Société asiatique : simple académie libre
pourtant, qui, sauf quelques faibles allocations venues du dehors, n'a de ressource positive que la bourse de ses membres.
Mais tout ce qu'on a eu le bonheur de produire ainsi, par voie
de séances ou de publications, ne concerne que l'ordre de la
pensée pure ; que l'ordre littéraire, idéal, et ce qu'on pourrait nommer la floraison de la science. Quant à l'ordre de
choses terre à terre, — c'est-à-dire où le savoir, afin d'être
rendu permanent, reçoit une organisation matérielle et rétri-
buée, — il n'y a encore presque rien de fait. Le magnifique
mouvement dont nous parlons, n'a guère eu jusqu'ici pour sou-
tien, dans ce genre, que l'existence des chaires du Collège de
France et de celles de l'Ecole spéciale des langues orientales :
institutions visiblement insuffisantes pour assurer le renou-
vellement des fruits de l'arbre, aussitôt qu'il aura perdu,

par les années, quelque chose de son premier élan de sève.

» En confirmation de ceci , faut-il attendre des preuves éloignées?— Nullement.—Dès à présent, si l'on y regarde avec soin, on est à portée d'apercevoir, à l'horizon, les signes précurseurs des dangers dont se trouve menacé, sous le rapport de la perpétuité, l'enseignement des idiômes de l'Asie.

» A part l'instant de la phase initiale, qui est celle des grandes découvertes, — la propension individuelle des jeunes linguistes, quelque forte qu'on la suppose, ne saurait suffire pour assurer à ce professorat le recrutement non interrompu dont il a besoin. Certes le goût de la science orientale subsistera, plus ou moins; on peut, on doit même, espérer que longtemps il restera vif; — mais enfin, pour que les amateurs se déterminent à voir, dans le curieux terrain qui les séduit, autre chose que le lieu d'une simple promenade d'agrément; pour qu'ils consentent à se livrer à l'orientalisme avec persévérance, avec ténacité, et pour qu'ils prennent le parti d'en faire exclusivement l'occupation de leur vie : besoin est que de tels sacrifices paraissent mener à des résultats personnels sérieux, dont la poursuite puisse être considérée comme *une carrière*. Sans cela, il ne se fera rien de durable; car la passion seule, fût-ce la plus louable, est un véhicule trop peu sûr. Outre que souvent elle s'amortit avec l'âge, elle sera victorieusement combattue par l'incessante action des pères de famille, — qui, ne voyant rien de lucratif au bout du chemin choisi par leurs enfants, parviendront presque toujours à les en détourner.

» Il ne faut donc point compter sur des sujets propres à remplir les places dont nous parlons, tant qu'elles ne seront point créées tout de bon. Eugène Burnouf meurt, par exemple : — et, faute d'une chaire établie pour le zend, — cette précieuse langue, qu'il avait exhumée, retombe sous terre avec lui.

2

» Au reste, si le mal est évident lorsqu'il n'y a point de chaire spéciale érigée, semblable péril n'est guère moins à craindre lorsqu'il n'y en a qu'une ou deux. Ainsi, en France, le sanscrit possède bien une chaire ; mais, comme elle y est unique, voyez quel petit nombre d'hommes se mettent en mesure de l'occuper ! A la disparition récente de son illustre titulaire, il n'a guère été rassurant pour l'avenir, de voir combien peu de concurrents se disputaient un si bel héritage.

» C'est chose toute simple. Pour se mettre laborieusement en état de mériter un poste difficile, il faut, nous l'avons dit, apercevoir devant soi quelques chances sérieuses de l'obtenir. Or y en a-t-il de telles, lorsque la chaire à occuper est la seule de son espèce ? — Non. — Personne, certainement, ne se donnera la peine nécessaire pour s'en rendre digne, quand la loterie de la candidature peut ne se présenter que quatre ou cinq fois par siècle. Ce sera toujours un métier peu couru, que celui d'élèves réduits à cette pauvre et pitoyable perspective, de dire à · leur maître : « Monsieur, quand allez-vous mourir...? pour qu'à la fin je vous succède. »

» Une chaire unique, on le voit, est sous certains rapports une chaire à peu près nulle. Huit ou dix chaires, au contraire, — quand il n'y en aurait que ce nombre pour chaque langue orientale à enseigner, — offrent déjà aux aspirants assez d'espérance d'en atteindre une, pour que les vocations véritables ne soient pas réduites à s'étouffer faute d'issues (1).

» Il dépend du Gouvernement de faire cesser les graves inconvénients signalés ici. Qu'il introduise dans les Facultés des Lettres le double enseignement qu'on lui propose de fonder, et

---

(1) *Testis unus, testis nullus*, disait l'ancienne Jurisprudence, laquelle pourtant n'entendait point, par là, nier la valeur morale d'un témoin honnête, quoique isolé. Eh bien, pareillement, sans méconnaître le mérite, et même l'action partielle, de titulaires dignes, mais placés par malheur dans des chaires uniques, — on est en droit, à quelques égards, de dire aussi : *Cathedra una, cathedra nulla.*

tout sera dit. L'heureuse révolution désirée se trouvera accomplie, — au moins dans les limites actuelles du nécessaire.

» Car les bons effets de la chose (on peut d'avance en être certain) dépasseront de beaucoup ses conséquences immédiates et directes. Il n'aura été créé, c'est vrai, que des chaires de sanscrit et d'arabe; mais rien n'empêchera les gens qui les courront, — une fois lancés dans cette direction, — de pousser l'étude plus loin, et de s'appliquer en outre à divers objets analogues. Sans qu'on ait besoin de s'en mêler, le goût du savoir les y portera. Assurés qu'ils seront, comme orientalistes, de la possession d'un état de vie, — pourquoi se croiraient-ils obligés de s'enfermer dans leur spécialité précise? Ils feront naturellement des excursions, hors de l'idiome dont le professorat formera leur moyen légal d'existence.

» Ainsi, — et sans préjudice de créations ultérieures possibles, dont l'examen reste en dehors du présent travail (e), — une décision facile à prendre, — hardie, mais à laquelle tout le monde applaudirait, parce qu'elle arracherait au danger de torpeur les Facultés des Lettres, — peut, en même temps, assurer le développement, la conservation même et la vie, d'un précieux genre de science, menacé de mort aujourd'hui dès son berceau. Il y a là, ce semble, de quoi tenter l'honorable ambition d'hommes distingués, qui, en ouvrant, par une mesure aussi simple que féconde, un magnifique avenir.., seraient maîtres de pourvoir non-seulement à l'extension, mais au salut peut-être, de l'orientalisme français, l'une des gloires de notre patrie (1). »

(1) Evidemment, l'exécution de la chose ne pourrait pas être immédiate, car il y aura dans les premiers temps disette de sujets. Mais le principe serait proclamé sur-le-champ; et une fois admis et reconnu, il commencerait à produire ses heureux résultats. On le formulerait nettement par un décret, qui érigerait dans chaque Faculté des Lettres une chaire de sanscrit et une d'arabe littéraire; tout en réservant au Gouvernement, pour y pourvoir, un délai de trois ans, ou même de cinq. Dès lors, on ne tarderait point à voir se former des sujets aptes à les remplir; et, à mesure qu'il en apparaîtrait de capables, les nominations auraient lieu.

NOTES.

(*a*) Pourquoi ne pas dire « presque tous ceux du monde civilisé ? »—L'expression serait assez juste ; car il n'y a guère de civilisation complète (du moins comme nous l'entendons) qu'en Europe et en Amérique ; or les trois langues parlées en Amérique, — l'anglais, l'espagnol et le portugais, — ou les quatre, si l'on y ajoute le français du Canada, — sont toutes de la famille glossale indo-perse.

(*b*) Témoin, par exemple, le petit traité d'Euclide sur la balance, lequel, perdu en grec, vient, il y a peu d'années, d'être retrouvé en arabe.

(*c*) M. Garcin de Tassy a découvert, il est vrai, un moyen de rendre pardonnable cette expression inexacte. Il suppose qu'on a eu l'intention de désigner par là le dialecte correctement écrit, celui où ne se trouvent supprimées aucune des *lettres* qu'exige la grammaire. Une telle solution est des plus ingénieuses ; mais le savant académicien, en voulant charitablement excuser les coupables, ne leur prête-t-il pas sans s'en douter, le secours de son propre esprit ? Probablement, les premiers auteurs de la faute, lorsqu'ils sont entrés dans la voie erronée où le public moutonnier les a suivis, n'y en avaient pas vu si long.

(*d*) Il va sans dire, néanmoins, que les enfants qui rencontreront l'heureuse possibilité d'apprendre d'abord l'arabe vulgaire, ne fût-ce que d'une façon très-simplement pratique, — feront à merveille d'en profiter, et de s'ouvrir par là des sentiers vers l'arabe littéraire ; car ils se ménageront ainsi, pour la première occurrence, bonne chance d'arriver de l'une des langues dans l'autre ; d'y arriver avec promptitude et succès, quoique dans un ordre illogique. Il en sera d'eux, alors, comme il en est des Grecs modernes, lesquels ont visiblement plus d'aisance et d'instinct que nous pour saisir le vrai génie du grec ancien ; d'où ne résulte pourtant pas qu'il faille, étant chargé de l'éducation d'un Français qui ne saurait ni l'un ni l'autre idiôme, lui enseigner le romaïque avant l'hellénique. On peut très-bien *remonter* le cours d'un fleuve, — et quelquefois même les voyageurs auraient grand tort d'en négliger l'occasion ; — mais, néanmoins, toutes choses égales d'ailleurs, il est plus normal de le *descendre*.

(*e*) Par exemple, la fondation, au Collège de France, d'une chaire de *zend*, dont le titulaire serait chargé aussi de professer les éléments du pehlévi, et de donner en outre quelques notions sur le perse, langue des plus curieuses, laquelle se découvre maintenant. L'érection de cette chaire de zend à Paris, pourrait très-utilement avoir lieu dès à présent ; et même, sa non-existence forme un vide, forme un contre-sens, dans la capitale du pays qui a donné au monde Anquetil du Perron et Eugène Burnouf.

LETTRE A M. JULES MOHL

SUR LA LANGUE PERSE.

SUR LA LANGUE PERSE,

LETTRE A M. JULES MOHL.

(EXTRAIT DU *JOURNAL ASIATIQUE* DE FÉVRIER-MARS 1853.)

MONSIEUR,

Voici déjà plusieurs mois que le *Journal asiatique* a terminé l'insertion des excellents commentaires, dus tant à M. de Saulcy qu'à M. Oppert, sur les inscriptions monumentales des Achéménides ; et l'attention publique paraît, quant à présent, un peu détournée des études perses. On serait même d'autant plus porté à l'en croire éloignée tout de bon, que la mort si regrettable d'Eugène Burnouf, — vide profond, qu'il faudra des années pour combler, — a enlevé aux langues ariennes leur plus zélé, leur plus spécial représentant.

Toutefois, qu'on n'aille pas s'y tromper : le travail se continue sous terre, et quelque jour on en verra les résultats reparaître à la surface. Il y a plus ; l'interruption actuelle pourra bien, par le temps de réflexion qu'elle aura laissé entre deux séries de labeurs, avoir été un repos avantageux.

Pour le rendre aussi fécond que possible, il convient qu'avant l'ouverture de la seconde des deux séries dont nous parlons, chacun ait soin d'apporter, aux hommes compétents, le tribut des avis utiles qui se trouvent avoir été déjà émis au sujet de la première.

Or il y a, dès maintenant, un point sur lequel s'accordent

les bons critiques. Ce n'est qu'une remarque très-vulgaire, et qui ne forme pas discussion : mais encore faut-il qu'il y ait quelqu'un qui se charge de l'énoncer. — Eh bien, à défaut d'orientalistes célèbres, qui veuillent là-dessus rompre le silence, cette tâche fort aisée sera remplie par l'un des simples vétérans de la Société asiatique, lequel ne se fait, en ceci, que le porte-voix du public studieux.

L'observation roule uniquement sur une impropriété de termes ; mais sur une impropriété qui vaut cependant la peine qu'on la proscrive, comme étant à la fois fâcheuse à tolérer, et facile à éviter. Fâcheuse à tolérer, parce qu'elle est une source d'embarras, de longueurs et d'obscurités ; facile à éviter, puisqu'il n'y a besoin, pour en sortir, de chercher aucun moyen artificiel ; la langue française fournissant très-bien, sans périphrases, le mot qui nous est nécessaire.

Voici en effet, Monsieur, de quoi il s'agit :

Pour indiquer la langue dans laquelle sont conçues les inscriptions de Bisotoun et de Persépolis, et pour la faire bien distinguer d'avec le persan, c'est-à-dire d'avec l'idiôme que vous professez au Collège de France, — plusieurs auteurs se sont fatigués à chercher des dénominations convenables ; mais, par un singulier hasard, le terme propre leur a échappé. Il n'y avait pourtant besoin d'aucun effort de leur part, et l'expression se présentait d'elle-même. C'est du *perse* qu'ils voulaient signaler la présence sur les monuments ; ils n'avaient qu'à l'appeler tout bonnement ainsi.

Pourquoi dire l'*ancien persan*, qui est une locution équivoque ? C'est comme si, pour désigner le latin, nous disions l'*ancien italien*.

Pourquoi dire l'*achéménien*, qui n'est que le nom d'une dynastie ? C'est comme si, pour désigner le latin, nous disions (en tenant compte des diverses époques) le *tarquinien*, ou le *consulaire*, ou l'*augustal*.

Dans un même pays de l'Europe, — en Italie, — il y a eu successivement deux langues : le latin et l'italien. — Eh bien, dans un même pays de l'Asie,— en Perse,— il y a eu successivement deux langues aussi : le perse et le persan.— Or ni d'un côté, ni de l'autre, il n'y a aucune confusion possible entre la mère et la fille; car, pour les séparer nettement, il suffit d'articuler nettement leur vrai nom.

Par parenthèse, l'époque d'apparition, pour les deux idiomes les plus récents (c'est-à-dire le persan et l'italien), se trouve avoir à peu près coïncidé, puisqu'on les voit commencer tous deux à dessiner leur embryon vers le viiie et le ixe siècle. Seulement, le latin, quoique très-corrompu, avait duré, tant bien que mal, jusqu'alors,— ou du moins n'avait produit que des jargons transitoires peu caractérisés;— tandis que le perse, tombé de beaucoup meilleure heure en décadence, avait été remplacé, dans l'intervalle, par une langue tout à fait constituée, le pehlévi, — dont nous n'avons point à nous occuper pour aujourd'hui, puisque son caractère hybride (sémitique à moitié) le met dans une classe à part.

Toujours est-il que les adjectifs *ancien* et *nouveau* n'ont rien à voir dans l'affaire, et que leur emploi ici (en français du moins) donnerait une idée fausse. L'*ancien italien*, ce n'est point le latin : c'est le dialecte du Dante, ou même de Pétrarque. Pareillement, l'*ancien persan*, si l'on voulait user avec justesse d'une telle dénomination, ne signifierait point non plus le perse, — mais la forme de langage qui, par exemple, fut employée par Firdoucy.

Qu'est-ce donc, nous dira-t-on, que le perse?

Eh! mon Dieu, la chose est bien claire. Ce n'est ni le *persan*, lequel n'a pris naissance qu'après la conquête musulmane; ni le zend,—venu de la Bactriane, selon toute apparence, avec les lois de Zoroastre; —ni le pazend, ou aucun des dialectes secondaires de l'Iran. — Le *perse*, c'est la langue paternelle de Cambyse et d'Artaxercès, et du peuple qui fonda leur puissante monarchie; c'est la langue que parlaient les Perses, comme le *français* est la langue que parlent les Français. Il n'y a pas à s'y méprendre; et ce mot « *le perse*, » qui est le terme propre, rend impossible toute ambiguïté, comme il dispense de toute épithète.

Si, par la découverte de nouveaux monuments, nous venons à être mieux initiés à l'antique langage dont il s'agit (langage qui nous touche de près, puisqu'il était plus voisin du grec et du latin que ne le furent le zend et le sanscrit même); s'il nous devient assez connu pour que possibilité arrive d'en publier les règles grammaticales, voire de les faire suivre d'un petit lexique : eh bien, ce que l'on imprimerait ainsi, serait une grammaire *perse*, un dictionnaire *perse*.

Et plaise à Dieu, Monsieur, que soit quelque jour érigée à Paris, au Collège de France, à côté de la chaire de sanscrit, une chaire expresse, pour l'enseignement réuni du zend et du perse! Au moins, alors, il y aura, sur la terre, un lieu où seront enseignés les deux vieux idiômes officiels de l'Iran ; les deux idiômes frères, dont le réveil, après tant de siècles, semble faire revivre à nos yeux la grande civilisation spiritualiste d'Istakhar. Au moins quelque part pourra-t-on se trouver reporté, par la pensée, aux magnificences morales et matérielles de cette superbe capitale, où, tous deux employés à la fois, — le premier comme langue du culte et le second comme langue de la cour, — ils étaient parlés et compris : l'un dans les temples d'Oromaze, l'autre dans les palais du roi des rois.

Agréez, etc.   P. G.-Dumast.

P. S. Quand nous avons fait observer qu'il est aisé de désigner par un seul mot la langue natale des Achéménides, ce n'a pas été sans savoir que notre remarque, toute fondée qu'elle est, serait inapplicable chez les Anglais. Comme ils n'ont à leur disposition soit qu'il s'agisse de l'ancien ou du moderne, que l'unique adjectif *persian* (1), — force leur est, pour mentionner le *perse*, de recourir à des locutions périphrastiques comme *the old persian tongue*, *the ancient persian language*, etc. — Mais notre langue jouit ici d'un précieux avantage, dont elle aurait d'autant plus tort de ne point user, que de telles supériorités de richesse sont pour elle une bonne fortune assez rare. Chez nous, *perse* est un adjectif qui, d'après son acception régulière (bien fixée depuis cent cinquante ans par nos bons auteurs), sert à qualifier tout ce qui, dans la sphère iranienne, est antérieur à l'époque *persane*, c'est-à-dire à l'état de choses qu'amena sur le sol de la Perse la domination de l'Islamisme.

Quelques esprits pointilleux chercheront peut-être ici à batailler encore, pour se frayer une sorte d'échappatoire. Ils prétendront qu'à le prendre sur ce pied, et puisque la limite entre les Perses et les Persans est placée à la chute finale des Sassanides, notre épithète de *perse* n'est pas entièrement exacte pour l'idiome d'Artaxercès et du fils d'Hystaspe, car il ne se parlait plus sous les Khosroès; — mais l'objection serait ridicule. Pour qu'une chose ait été perse, pas n'est besoin qu'elle ait duré les douze cents ans compris entre Cyrus et Yezdedgerde III; il suffit que d'une part elle appartienne à la souche des idées iraniennes, et que, de l'autre, — comme un contenu, qui ne doit pas déborder son contenant, — elle ait eu lieu dans l'espace de temps que ces deux bornes embrassent. Or tel est éminemment le cas pour la langue des inscriptions de Bisotoun : langue non bâtarde comme le pehlévi, mais indo-germanique pure; langue originelle pour les Achéméniens, comme pour tous les habitants de la Perside, c'est-à-dire du Fars primitif; — langue profon-

---

(1) C'est notre vieux mot « *persion,* » tombé chez nous en désuétude, et qui ne se retrouve plus que dans la locution elliptique *une persienne* (une jalousie *persienne,* faite à la mode persane).

dément patriotique dans l'Iran, et que certes les **Sassanides**, quand ils réveillèrent les institutions et les croyances antiques, auraient volontiers ranimée ; mais qui ne put pas l'être, parce qu'elle avait déjà péri, — un idiôme ayant la vie moins dure qu'une religion.

Ainsi, comme nous l'avons dit et répété, le *perse* fut bien le vrai dialecte national des Perses. Seulement, il s'éteignit avant eux. Il dura moins que le peuple qui l'avait parlé.

P. G.-D.

Depuis à peine trois mois, que le *Journal asiatique* a inséré cette lettre, déjà de significatives adhésions, parvenues à son auteur, montrent combien ç'avait été réellement l'heure de dire ce qu'il a dit. Frappantes comme elles l'étaient, de telles vérités n'exigeaient aucun plaidoyer ; elles n'avaient besoin que d'être formulées. Sitôt que le premier-venu a eu pris la peine de les écrire, chacun les a reconnues certaines, chacun s'en est déclaré partisan.

On peut donc, maintenant, regarder comme chose admise, et qui doit désormais être réputée RÈGLE, la rectification proposée.

Du reste, pour sentir combien était nécessaire cette petite et facile réforme, il suffit de relire, au point de vue du sujet dont nous parlons, les divers articles publiés dans ces dernières années même par nos principaux maîtres, sur la gomphographie orientale (1). En vingt endroits, — qu'il serait aisé de signaler, — on s'étonnera d'y voir marcher les phrases avec

_____

(1) C'est-à-dire sur les systèmes d'écriture cunéiforme, ou plutôt claviforme.

une allure pesante et comme embarrassée : gêne qui, chez des hommes supérieurs, est si peu en rapport avec la force et la souplesse de leur pensée; gêne indubitable pourtant, qui se manifeste tantôt par des circonlocutions pénibles ou des épithètes surabondantes, tantôt par des expressions moins délayées il est vrai, mais aussi plus douteuses, et par des façons de parler vagues, inexactes, — où, de cinq choses aussi diverses que le sont le *zend*, le *perse*, le *pehlévi*, le *parsi* et le *persan*, le lecteur ne voit pas toujours très-vite et très-bien de laquelle il s'agit. — Evidemment, alors, sous la plume de nos célèbres Orientalistes, le terme manquait à l'idée.

Or, pourquoi se résigneraient-ils à souffrir ainsi, d'une indigence aussi nuisible que peu motivée? La prolongation n'en aurait aucune excuse, puisqu'un tel dénuement disparaît dès que tout simplement on sait user des ressources que l'on possède.

Si, chez nous, *perse* n'existait pas en qualité d'adjectif, IL FAUDRAIT L'INVENTER, — afin d'échapper, par son moyen, aux longueurs ou aux mal-entendus. — Mais il existe ; il n'est pas seulement créé, il est consacré, ratifié, classique. C'est bien le moins, donc, que l'on s'en serve, — et que l'on prenne le petit soin de ne plus lui substituer des mots impropres, qui ne le remplacent que fort mal.

Le principal instrument des études, c'est le langage scientifique. S'il n'est pas régulier, fixe et juste, la marche des découvertes en souffre; aussi, la grande époque de progrès, pour chacune des connaissances humaines, a été le temps où l'on en a fixé, simplifié, et précisé le dictionnaire. La chimie n'a fait des pas de géant, que depuis qu'au lieu d'en être réduite à user de dénominations arbitraires pour désigner les substances, elle s'est trouvée dotée d'une nomenclature claire et systématique. La botanique n'est sortie de ses langes, on le sait, que le jour où Linné, proscrivant pour jamais les vagues périphrases dont s'étaient contentés les Bauhin et les Tournefort, cessa d'écrire, par exemple, *Sonchus lævis, laciniatus, muralis, parvis floribus*, pour dire hardiment PRENANTHES MURALIS, — ou bien donna, sans hésiter, à l'*Hieracium Dentis-leonis folio, flore suavè rubente*, le nom monétisé de CREPIS RUBRA. — L'adoption universelle de désignations simples, devenues permanentes, a changé la face des sciences physiques et des sciences naturelles; il n'en sera pas différemment des sciences historiques ou philologiques. En ethnographie, en linguistique, il faut adopter cette marche, qui est le conseil du bon sens.

Or, une des premières nécessités actuelles, dans la sphère dont nous parlons, c'est de s'en tenir désormais, — pour les choses iraniennes qui ne seront ni *zendes*, ni *pehlévies*, ni *parsies*, ni *persanes*, — à l'unique emploi du mot PERSES : seul terme à la fois commode, juste et significatif, — lequel, d'ailleurs, joint à ces trois mérites l'avantage d'être un adjectif déjà reçu dans la langue, et d'avoir une valeur invariable, depuis long-temps admise pour qualifier ce qui correspond à certaines parties, bien déterminées, des évolutions de l'Iran.

Ah! sans doute, à l'origine de notre langue, il y eut des fluctuations sur ce chapitre. De même qu'on ne savait pas encore distinguer entre l'*Aquitaine* et la *Guienne*, la *Neustrie* et la *Normandie*, la *Bétique* et l'*Andalousie*, entre les *Francs* et les *Français*, entre les *Angles* et les *Anglais* : ainsi l'on usait à volonté, et à peu près au hasard, du terme de *Perses* ou de celui de *Persans* (1).

(1) Ce n'est pas même assez dire que de présenter comme anciennement INDIF-FÉRENT l'emploi abusif qui se faisait de l'adjectif *persan* (ou *persien*) à la place de l'adjectif *perse*, le seul juste pour les temps des Achéméniens et des Sassanides;

Mais depuis qu'à la suite du siècle de Louis XIV, le style des bons auteurs a fait loi, les acceptions se sont fixées ; les mots sont devenus une monnaie régulière, dont on ne peut plus, sans raisons sérieuses, se croire libre de changer la valeur. Or, aujourd'hui, se remettre à employer comme synonymes le nom de *Persans* et celui de *Perses*, c'est reculer vers les temps du nébuleux, sinon du chimérique ; c'est tomber dans la même faute que de nommer encore *Français* les *Francs*, comme pouvaient jadis le faire sans reproche Fauchet, Pasquier ou Mézeray.

A présent, que l'histoire connaît un peu les races et leur physionomie, et ne manque plus de vérité, du moins si grossièrement qu'autrefois, — chacun sait que les armées des Mérovingiens n'étaient point des bandes *françaises*, mais FRANQUES, et que Clovis à Tolbiac ne les exhortait point en *français*, pas même en « *vieux français*. » Eh bien, — la race Achéménide, pareillement, régnait sur des populations PERSES, et non *persanes*; et certes, Cyrus, quand il commandait ses troupes à Thymbrée, ne leur parlait point *persan*,—

---

car, dans la confusion qui existait, il semblait y avoir, non-seulement admission de l'erreur, mais préférence pour elle. Nos aïeux, en effet, loin de chercher aucunement la fidélité de costume, aimaient à travestir l'Antiquité, de manière à lui donner le plus possible la couleur moderne. De même que sur la scène ils faisaient venir Mithridate en habit français, en bas de soie, avec le cordon bleu du Saint-Esprit (*sic*) : de même ils se plaisaient à traduire le titre de *civis* par BOURGEOIS, et l'épiphonème *Quirites* par MESSIEURS. Dans le récit des courses d'Olympie, ils changeaient les *chars* en *charriots;* Tacite se trouvait avoir décrit les mœurs, non des *Germains*, mais des *Allemands;* Attila n'avait pas été le roi des *Huns*, mais des *Hongrois ;* etc., etc. D'après ce goût, alors général, il était tout naturel qu'on regardât comme élégant, comme à la mode, d'appeler *Français,* au lieu de *Francs,* les leudes de Clotaire, et de qualifier de *Persans,* non point de *Perses,* les sujets de Darius.— Maintenant, au contraire, qu'on a reconnu et senti le besoin du vrai, il faut se garder de remettre en vigueur les locutions vicieuses, sagement abandonnées, qui avaient dû leur naissance à cet amour du faux.

pas même « *ancien persan.* » — Il leur parlait *perse*; ce
qui, encore une fois (car on ne doit pas craindre de répéter
certaines choses décisives), diffère exactement d'avec l'*ancien persan* comme le latin de Cicéron d'avec l'italien du
Dante.

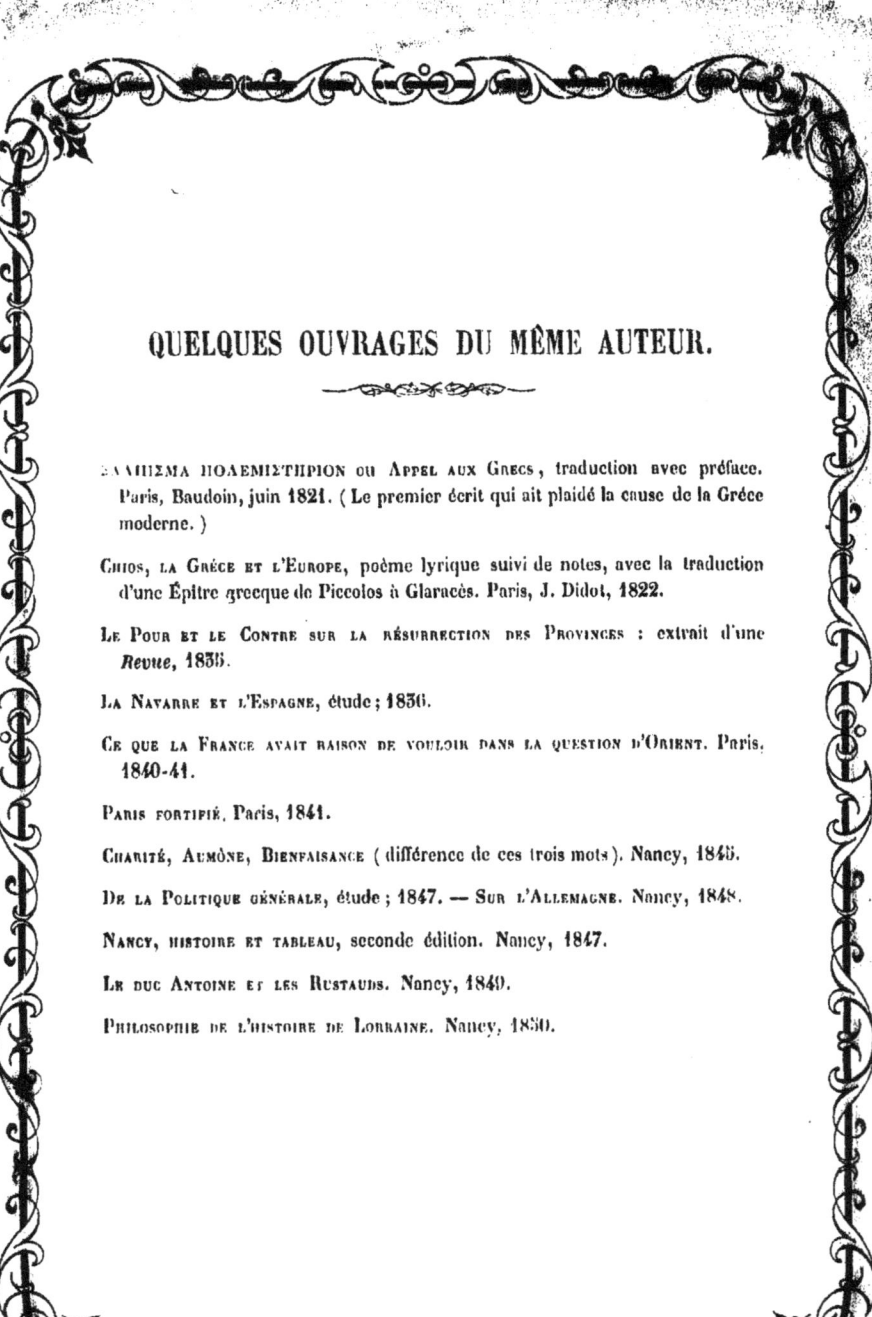

QUELQUES OUVRAGES DU MÊME AUTEUR.

ΣΑΛΠΙΣΜΑ ΠΟΛΕΜΙΣΤΗΡΙΟΝ ou Appel aux Grecs, traduction avec préface. Paris, Baudoin, juin 1821. (Le premier écrit qui ait plaidé la cause de la Grèce moderne.)

Chios, la Grèce et l'Europe, poème lyrique suivi de notes, avec la traduction d'une Épître grecque de Piccolos à Glaracès. Paris, J. Didot, 1822.

Le Pour et le Contre sur la résurrection des Provinces : extrait d'une Revue, 1835.

La Navarre et l'Espagne, étude ; 1836.

Ce que la France avait raison de vouloir dans la question d'Orient. Paris, 1840-41.

Paris fortifié, Paris, 1841.

Charité, Aumône, Bienfaisance (différence de ces trois mots). Nancy, 1846.

De la Politique générale, étude ; 1847. — Sur l'Allemagne. Nancy, 1848.

Nancy, histoire et tableau, seconde édition. Nancy, 1847.

Le duc Antoine et les Rustauds. Nancy, 1849.

Philosophie de l'histoire de Lorraine. Nancy, 1850.

www.ingramcontent.com/pod-product-compliance
Lightning Source LLC
Chambersburg PA
CBHW060851180626
46818CB00004B/1661